가슴은 들꽃

윤민순 시집

시옴사
시사랑음악사랑

시인의 말

첫 시집을 엮으면서.

시인이 가지고 있는 내면의 이미저리를 표현하는
기본적인 실력을 갖춘 시인을 존경하다 나도 시인
이길 원했다.

완성도 있는 리리시즘'lyricism'을 바탕으로 한 詩
作을 보면 행복하다.

서정적인 정취, 심정, 고백이나 자아가 투영된 많은
작품을 접하면서 그런 시를 쓰고 싶었다.

혼자 중얼거리던 이야기가 혼자만의 독백이 아니고
오염된 사회 속에서 사랑으로 뿌리를 내리고 희망
의 꽃이 피기를 기도한다.

문학을 사랑하고 시를 좋아하는 사람들이 함께할
수 있으면서 잔잔한 감동을 줄 수 있는 詩로 나의
작은 세상을 첫 시집으로 엮었다.

시인 윤민순

* 목차 *

* 목차 *

* 목차 *

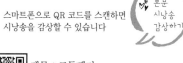

QR코드 스마트폰으로 QR 코드를 스캔하면
시낭송을 감상할 수 있습니다

본문
시낭송
감상하기

 제목 : 고들빼기
시낭송 : 박영애

시인은 자연을 이야기하고 시낭송가는 자연을 품었다
글자는 날개를 달아 언어로 날고 소리는 자연에 눕는다

마음의 시

오늘은 마음의 시를
쓰려 합니다

아름다운 마음을 가지면 세상은 아름답고
예쁜 눈보다 빛나는 눈빛으로 세상을 보면
더 아름답게 느낄 수 있습니다

나를 사랑하는 모든 사람과
내 마음속 모여
한 권의 시집으로 자리 잡았습니다

순수한 아가의 마음 담아
아름다운 마음의 시어들이
세상을 반짝이며
행복으로 다가올 것입니다

사랑도 미움도 그리움도
그렇게 마음으로 담아
시어로 날개를 달고
마음으로 훨훨 날아봅니다.

들꽃

혼자라 고왔던가
산모퉁이 잃어버린
길 찾는 여인이여

가엾은 마음 안아 주고 싶은데
잡을 수 없어 더욱 안타깝다

목 부러질 가냘픔이
톡톡 때려놓은
물 한잔이 아깝더냐

봐 달라 찍어 달라
쉴 새 없는 몸뚱어리
사라진 꽃눈에 박힌 마음

자유롭게 멀리 날아다닐 들꽃
혼자 아닌 우리들
들꽃으로 가는 세상

내 마음의 창
들꽃 닮으며
들꽃처럼 피고 지고 살고 싶다.

독도 1

오른쪽 심장
우뚝 솟았네

세찬 파도 고독 삼키며
이겨낸 기쁨

눈물과 빗물이 스민 가슴

그대 사랑
고독한 여인이여

독도 2

오른쪽 심장
우뚝 솟았네

세찬 파도 고독 삼키며
이겨낸 선조님

눈물과 빗물이 스민 가슴

이제는 안으리라
고독을.

삶이 지루할 때

아침부터 밤까지
한결같은 날들이라
눈이 번쩍 뜨고 싶어요

그날이 그날이라
새로운 것을 보고 싶고
느끼고 싶어져요

고개 들어요
움직이며 너와 나와 같아라
바뀐 세상들이지요

거꾸로 뒤로
이름 모를 동물처럼
굽은 등 펴서 하늘 보고
땅도 보아요

아무도 없는 길
혼자라도
웃으면서 지루함 날려보아요

거꾸로 뒤로
자유롭게
시원합니다
삶이 다 그래요.

사모해

보고파도 그리워도
수줍어 말할 수 없었습니다

숨어서 사랑을 속삭였습니다

다가오면 멀어지고
멀어지면 그립고

내 안에 그리움이 숨쉬기
때문입니다

한 번이라도 바라보며
말하고 싶은데
임이 소중하여 말 못하고 하얀 마음에
그리움이 피어 물들었습니다

끝내 참을 수 없어서
하얀 가슴에
내 얼굴 속삭였습니다
사랑한다고……

요산요수

어디를 둘러봐도 뿌연 세상

잡히지 않는 구름
맑은 물소리
싱그러운 웃음

맑고 향기로운 쉼터
기다릴게요

맑은 산
투명한 물
천천히 따라 내려가며
쉬어 가리라

유리처럼 반짝이는
시원한 여름이여
행복하자 예전처럼.

봄 향기

그냥 있다
이유 막론하고 있었는데
시간은 참 후딱 지나간다

놀란 가슴 분홍향기 불러줘 잠에서 깨어났다

참 예쁘다
네가
참 예쁘다
내가

봄 향기
네가 참 좋다.

아름다움

별빛이 보여요
하나 둘 셋
수많은 별빛 반짝이며
머리카락 휘날리고 도망갔지요

지금 이 순간
그 별빛들 뜨거워야 빨간 불을 피워 웃을 수 있다면
어찌 쉽게 피울 수 있겠어요

하늘을 몇 번이나 보았기에 빛이 나듯
땅을 고개 아프도록 기다림에 피운다는 걸

잡지 못할 별님이 눈물 나게 서러워 붉게 물든 별님이겠지요

지금 이 순간
이대로 별빛 찬란하게 아파해야 동그란 해님으로 태어나겠지요.

한 잔의 사랑

날이면 날마다 마시는 커피
입술에 묻혀 키스하며
온몸 가득히 전해주는 행복이지요

이렇게 내리는 빗소리를 들으면
나도 모르게 커피 속에 빠져 오늘을 사랑하자고
입술 가득히 향기롭게 꽃이 피어 웃습니다

힘들 때도 사랑하자는 용기
따뜻한 손짓에
깊은 포옹으로 감싸주며 안아주었죠

우리의 사랑
가슴 가득 전해줘
깊고 높은 산으로 휴식하며 기대는 사랑
커피의 사랑 찐한 사랑이지요

향기로운 맛은 쓴맛이 남을 길이며
돌아오면 단맛의 행복 기쁨이지요.

어제는 아름답다

어제는 가고
오늘은 오면서 어제를 그리워해
언제나 그랬듯이

어제는 무얼 했는지
지나간 생각에 잠기며
오늘에야 알 수 있고
어제의 꿈속 그리워하리라

어제는 하늘을 보고
오늘은 땅을 보네

어제는 쌀쌀했나
오늘 추위는 훈훈한
어제의 용기이지요.

걷다 보면

세상은 앞을 보이며
길을 만져보는 한송이
들꽃이 피어요

외로운 고독은 낭비 같고
온몸 가득히 반기며
이야기 속 피어 웃습니다

채워가는 꽃송이
어제는 봄이었다
여름은 어디 가버렸나
오늘은 바람이 차가워 하늘 보고 흔들리는 나뭇가지
애처로워 지는구나

어딘가 모를 일이다
그 말들
시간은 날아간다
이야기들 속삭이는 입 모습

탁 벌어진 밤송이에 찔려보며 맛보는 산 다람쥐
우리는 그리워하여라

바람이 흔들까
마음이 따라가는지
코스모스 노랫가락에
하늘거린 몸

꽃향기 따라서 하염없이 나그네 흔들려 따라가지요.

포근한 마음

붉은 단풍은
한여름 더위보다 더 뜨거워

이렇게 차가운 날이면
새 옷으로 바꿔 입으니까

빨간 단풍잎은 고추장보다 맵고 달콤하여
자꾸 마음을 끌어당겨요

바람이 시원하다고 돌아오면
따스한 이불이 되어 행복을 꿈꾸어요
우리.

지금

지금 보아라
지나면 아름다움이 바람처럼 떠나간다

가지 못한 자리
캄캄한 밤일지
시린 마음일지

지금
우리가 무얼 해야 하는지
알 수 있는 시간이다

지금
하늘이 흐림이면 더욱
맑음을 높이 흐르게 하자

아름다움을 알 수 있는 세상
그 무엇보다 소중한
지금의 존재 이유다.

갈대의 순정

나이 먹을수록 흔들리는 갈대
갈대라 하지요

이리저리 흔들며 어디론가 떠나고픈 맘
여자라 여자이니까

더위가 몰려오면
솔바람 타고 날아다닐 갈대
하루에도 열두 번씩 꿈을 꾸며 내려오지요

갈대는 여자
여자의 몫이니까요
참 걱정이네요
벌레들 기성 부릴 테니
예민한 피부 갈대들도 막지 못해 바람에 전할까요
욕심은 금물이라고
벌레들 숨 쉬고 떠다니는 갈대의 친구라고요.

들꽃처럼 웃어요

웃어요
누군가 어둠 속 만들었나

웃고 있는데 우울한 마음
장맛비와 다름이 없었다

하루 이틀 웃으려고 했었어
기쁘다고 다가온 빗줄기가 더 세게 내린다

비 맞아 볼까
웃음이 필지
그 기다림 끝에 곪아 터진 생선 창자
누런 구렁이가 되었다
걸어가는 뒷모습이

너라도 행복하여라.

울자

한 달에
한번 큰 소리로 울고 싶어라

하늘 보며 땅을 치며
흘러가라고 흐르라고
눈치코치 필요 없이
비가 내려 씻겨 가도록

으엉엉 엉엉
울어 울어서 홍수나 강물 넘쳐라
운다고 울었다고 자랑하며
내 아픔 씻어가거라

들릴 테면 들려라
흘릴 테면 흘려라

강, 바다 다가와
싹 싸악
마르고 말테니까

울고 울어서
환해질 세상이라면
실컷 큰 소리로 울어보자
남녀 구별 없이.

나의 정표

바쁘게 살아온 나에게
도장이 쿡 찍혔다

그 도장으로 인하여 다시금 되새기며
세월 속 나를 바라보았다
그래
참 고마운 일이야
다시 새로운 세상 보며 살아가라는 정표구나

내 몸을 쓸어내며 사랑한다고 안아 주었다
고맙다고

넓은 하늘 푸른 잎 보며
웃을 수 있다

콕콕 찍은 딱딱한 아스팔트 싫어하면
하늘을 봐
다른 길이 기다려

하늘을 나는 새처럼
이제 자유롭게 날아봐.

공허함

삶의 무게란 커다란 바위 같아서 털어낼 수 있을까?
항상 고민해 왔었어

어느 순간 텅텅 빈 고목나무 모양처럼
말라비틀어진 모습을 보았습니다

영원히 단단할 줄 알았던 우리의 몸과 마음
한 줌의 제가 되어 차가운 겨울
공허함이 하늘을 떠돕니다

무거운 바위 낙엽에 말아
하얀 송이송이 눈부시게 내려

다시 피울 나
다시 피울 우리
뿌리내릴 우리

고통의 시간 무엇이라도 매달려
바람처럼 가고 싶습니다.

홍시

보면 볼수록
정감이 흐르는 마음
탐스러운 너 때문에
먹어도 질리지 않는 너

바라보면 볼수록 빠져 있는 나
작아도 큰마음
하늘 같아
언제나 그리운 너

날 사로잡은 빨간 홍시
이 가을 달콤하게 너를 품는다.

푸른 꿈

인생사
흐리다 맑음이며 소낙비와 같은 것

허전함 감출 수 없어요
잠들리라 잊으리라
그렇게 살아가지요

살아 계신 모습
둘이 마주 앉아 못한 이야기
평소와 같은 모습이기에
선명한 말 안 들려
뿌연 안개라도 볼 수 있다는 파란 하늘

만질 수 없지만 포근한 숲처럼
잘 지내니
말씀하셨다

무응답의 메아리로 울릴 때
집에 가신다고 푸른 숲이 출렁이며
새가 되어 떠나셨다

내가 숲이었을까
엄마의 모습
한참 바라보았습니다.

아름드리

어떤 꽃 보다 예쁜 꽃을 피울 수 있는 것이
사람 꽃이지요
사람은 자식을 귀엽다 하며 꽃보다 더 예뻐하지요

그때를 모른다면 감사와 갈등을 지나치며 보낼 세월들
심심한 가슴 너무 아파요

고통과 인내를 견디고 피운 꽃
아름다워요

날마다 보고픈 꽃
감동의 꽃
자식의 등불이라고 말해봅니다.

우리들의 감

윤기 흐른 잎사귀
젊은 청춘들의 풍성한 머리 숲이더라

하나씩 날아가듯
세상은 가까이 다가오고 반짝이며 잡으려니 떨어졌다

희생하는 몸과 마음
꽃으로 피었다

눈물 나게 아파
큰 사랑
둥근 달 보내주신 웃음

떨어지면 푹신하게 받아 주신다
세상이 그러하듯.

생각을 내리며

아침에 무거운 생각
꽉 차있는 무게들
쉬운 말 아니지요

비가 내려 빗소리에 담아 씻어도
우거진 숲 정다운 자연의 소리 취하듯 앉으니
앙증맞은 웃음꽃 송이

그래 이것이야
내려놓으며 비우지요

새롭게 맞이할 가슴
열어 받습니다
맑게 깨끗하게요.

가을 색

이만큼 왔구나
손잡은 황금 들녘
따뜻하게 보인 들녘
하지만 쓸쓸해
숙인 몸 잡아줄까
따뜻해 보여 지나요

착한 사람들 세상
약간 힘들어해야 돼
층층의 마술
딱딱한 너의 껍질 쏠쏠한 재미
고소함 얻는 기쁨들이다

따로 나눠진 색들
여러 가지 마음씨 불어주며
전염된 손잡고 오라는 가을의 화려함

한주먹에 한 아름 팔 벌려 몸이 먹는다
가을에 앉아서 손짓하는 가을

걸어가는 발걸음 살금살금 색색이 오신다
가을 풍경이.

인내

손등 튼 흔적
세월아 가라
하루를 한 달처럼 멀어져 간 나뭇가지에 서서
풍성한 숲을 꺼내본 장면
고난은 잡고 가며
잡을수록 온다는 계절

인내는 쓰고도 달아
더욱 고독하여라

잠시 쉬어가는 내가
살아가는 이유
감사의 선물입니다.

한 잎 그대처럼

나 사는 동안
수많은 우여곡절 겪는다 해도
뜨거운 태양빛 물든 아픔을
가슴에 붙어 숨 쉬는 인연

넋 놓아 본 잎사귀야
출렁이며 인내의 한 잎을
떨어지며 다시 일어서는 마음
그곳에 있으리라

힘들어도 말 못하며 들어준 이 없는
얇은 살갗의 핏줄로 언제나 한결같은 마음들

나 태어나면
나 죽는다 해도
소리 내는 바람들

이런 아침에 눈 이슬 훔친
너 닮아 바라보며
뜨거움을 땀으로 승화하여
두 손 모아 감사히 받았습니다

나 그대처럼 태어나리라
뜨겁게 안을 수 있는 열정으로……

나의 보물

자꾸 자꾸만
내 주의를 맴도는 봄
언제 어디선가 나타나는 여름

반짝 빛나는 가을빛 하늘
추운 바람들 마주친 겨울

내 앞에 나타난 보물
자세히 보아야 예쁘다
지나치면 아쉬워 돌아온다

내 뒤에서 보일 수 있는 보물
자꾸 따라옵니다

내 앞 작은 돌이라도
소중하다 말해요
사람과 사람의 대화처럼

행복은 보면 배가 된다지요
자세히 보면 그리운 추억입니다.

머리카락

한 올 한마음
살갗에 숨 쉬는 빛이여
무서워 버려진 머리카락

수많은 영혼들이여
어디로 날아갔나요

한 올 올린 선명한 윤기로 고난의 세월
영혼에 심었지요

참고 기다림
풍성한 작품

머리카락의 진실은 고유의 멋과 바람결의 작품이기에
한 올 날리는 예술품

영혼이 꿈틀거리는 향기로움 마십니다

어디서나 보여주며
따라다닌 나의 몸
머리카락 찰랑찰랑

꿈꾸며 마주하리라
내 영혼 끝날 때 까지요.

연꽃 사랑

거리를 걷노라면
사람들이 휩쓸고 지나간 자리

빼꼼히 내민 얼굴
가까이 오라는 미소까지

뜨거운 빛 아래
가슴이 두근거려 차마 혼자 보기가 아까워요

갓 태어난 아가를 돌보듯
엄마들의 잎사귀
둘러싸인 마을
새들의 노래 들려주며
한 여름의 합창

다가서면 눈이 환하게 피어나며
부끄러워 뒤돌아보아요
행복이지요.

저만치 오신 봄

바람이 전해온 손길
귓가에 맴도는 봄
소리 없이 온다지요

손가락 사이 온다며
팔 흔들어요

움츠렸던 어깨
펴 보아요
마십니다

떠나지 않아 차가움
아쉬울 테지요

차가워도 봄이
우리들의 얼굴이다
봄들 자세히 보아요
비워야 오른 소리입니다.

삶은 끈이다

사람은 무엇으로 사는가

사는 동안
삶과 죽음 떠오르며
생각이 문득 긴 끈을
당기며 오르고 내리기를....

가족 하늘 땅
잠은 달콤한 과일이며
음식은 하늘 여행

사는 게 쳇바퀴
해가 지고 눈 내리여
꽃 피어
오늘이네

당기며 오르고 내리며
만남의 미소들

사는 게
끈이 끝없이 상생하여
만드는 모래알 같은 것

하늘 아래 낳기는 끈이 있어
살아가는 희망이지요.

세월이 지날수록

전화 울리면
엄마 엄마
불러 본 지가 몇 해 였던가

너는 일 만하냐
엄마 바쁘다
뚝 뚝 뚝
얼마나 서운 했을까

일이 무엇인지
왜 왜 왜
보고 싶다는 말이고
허전한 마음 이렇게 다가올 것을
때가 되어 알 수 있으니

어머니의 어머니
외할머니의 한숨
그 깊은 가슴 조금이나 그려봅니다

붉은 송이가 가슴 깊이
파고듭니다.

세상은

다행이다
세상 속에서 완벽하게 꿈꾸며 잘 차려진 풍광은 없다는 것

완벽한 꿈
금방 사라지며 안다는 것
애달픈 꽃 속 잡초들이야
세상이 조화롭다는 안정감 이지요

세상은
꾸며놓은 마음보다
내려 보는 느낌이 먼저라고 스스로 가르치는 뉘우침이죠

내려 봅니다
봄맞이 조화로움 다르게 볼 수 있음은
완벽은 허구에 숨어있는 비밀이라
그대로 세상을 바라보면서
잡초의 단단한 뿌리
언제나 만나며 살 수 있는 용기입니다.

바라볼수록 보고 싶다

봄나물 한 잎 물고
빙긋 춤추어요

상큼한 맛의 멋들을 볼수록 보고 싶다
고운 봄

떨어진 꽃잎
꽃동산 한마음
바람의 친구예요

쉬어 보세요
하늘이 내린 빗물
연초록 입맞춤으로
청아한 마음 돛단배로 띄웁니다

우리의 날들
새 되어 기쁨으로 하늘 날아보아요

눈꽃 피었다
우리들의 마음입니다.

할미꽃

꽃샘추위가 시샘하듯
떨고 있는 살갗

가는 세월
시샘하여 당긴 끈

아무리 보아도 시간은 흘러
고개를 숙이며 알아가듯

길가에 고개 숙인 할미꽃
자주 만나는 사람들 같아요

축 처진 몸
곱고 아름다운 마음씨
고개 숙인 할미꽃
우리들의 할머니

잠시 만남의 시간이기에 보고 또 보아요

많은 꽃들 중에 그대를 만나 속삭이며
사랑하며 향기로움 그려보아요

고운 마음씨 닮고 싶습니다
신비한 생명 겸손이지요.

나무의 가르침

청춘은 아름다운 향기
그 푸르름
예쁜 화장 하며
길 떠도는 여행길

내리는 숲
아름다운 희생자
떨리는 가슴
아픈 사연을 삼키며
기대는 고목

우리의 인생
나무의 가르침
내가 보고 싶은 사랑
너를 기억해

진실한 삶
나무의 가르침이지요.

나의 옷

나에게 맞는 옷
나에게 맞은 옷
나는 옷이 나를 입는 것이 아니다

옷이 나를 입고 있는 깨달음이다
나의 귀한 옷은 따뜻한 웃음의 옷

눈이 반짝이며 마음이 고운 옷
가슴에 볼 수 있는 그리움이라 쌓고 쌓습니다

한 잎 내리는 옷
포근한 숲이 되어 쌓일 때

나의 옷 만들어 입고 있습니다

색색의 따뜻한 옷
겨울에 꺼내 볼 수 있다는 고마운 마음
나의 옷입니다.

오늘이 좋은 날

일 년 중
가장 멋진 날은 오늘입니다

다잡아 봅니다
놔두지 않는 세월
한 달 하루가 소중하여 들려오는 풀벌레의 정겨움

흘러가는 구름에 둥실
피어나는 꽃
급할수록 쉬어가자

잡초의 숨은 아기들의 손을 바라보는 향기
살랑 부는 바람의 고마움이지요

천천히 가는 세월
지금이 멋진 날
오늘입니다.

만물이 친구다

이제는 만물이 친구라는 걸
사람들과 만남 질투로
얼룩져 찌푸린 얼굴
상처들

내 주위 넓은 친구들
다 못보고 지나치다니
그 친구들의 외로움으로 승화하리라

때론 만져 보아야 해
서로의 쓸쓸함이 사랑으로 피워 웃을 수 있습니다

쓸쓸한 겨울
꺼내 볼 수 있다는 것은
가슴 가득히 아름답습니다

내 앞에 있습니다
친구들이
행복은 작은 풀과 꽃입니다.

버팀목

바람 불어 쓰러져도 언제나처럼 오뚝이가 되지요

먼 길 험한 세상 가야만 해
가야 합니다

정신적 지주 버팀목
없었더라면 무슨 의미일까요

그대 앞 약한 모습
보이기 싫어
아직 할 일 많은데

하늘 무너져도 밝은 태양
바다 깊이를 재는 마음
자식의 등불이라고 말해봅니다

자식이 있기에 동그란 원
즐거움이 피어 약속으로 피어납니다

하얀 눈 내리는 겨울
발자국 따라서
나도 자식의 고목 속 든든한 버팀목 되렵니다.

잎의 사연

이쁘다
꽃이
몸을 보았나요
잎들이 피어 꽃이 웃어요

일 년 동안 얼마나 많은
시련이 있었나 생각해 보려 해요

잎에 사연들을
한 선수가 성공하기에
잔풀의 영향력
손에 묻은 잡종들 피한 능력
태양의 빛입니다

기쁨의 눈물 흘렸었나 봐요
어미가 자식을 바라보듯

기쁨의 몸짓
지켜 바라본 잎사귀
잎들은 꽃입니다.

그 쓸쓸함

아직 빛 고운
낙엽인데
가을이 들려요

가려면 데려가세요
쌓인 쓸쓸함
보이지 않게 쓸어 가세요

조금은 알 것 같아요
밟아 아파지는 통증

먼 훗날 남아 있는 가지 매단 알몸의 진실을 보내 드려야 해요

손 흔들어 드리리라
그때 깊이 손잡아 눈물 흘리며 함께해요.

겨울의 상처

보드라운 감촉
아린 튼 손
한 냉기 돌아오면 두 손 잡아요

그 흔한 여행지의 얼음꽃처럼
톡톡 갈라져 추억의 별빛이 반짝이며 내립니다

따가워 갈라진 손등
흔적들 손톱 사이로 보일 듯 그리워하여 아려오지요

따가워 아! 아!
사이좋은 친구들
줄지어 선 잔주름
밀고 당겨 이쁘네요

따뜻한 마음
고마운 손
힘들게 해
너를 사랑해.

푸르리라

아직은 다가서고 싶어라
쓸쓸한 가지에 마음이 공허하기를 바람 속 쓰린 따가움

동쪽에 해님 잡고서
바라본 음지

시린 어깨의 무거움을
봄여름
밝은 표정으로 씩씩하게 살아가는 움직임

가을이라 떠나간다며
붉은 옷 입고 기다렸구나

가슴에 푸른 하늘
그대들의 사연에 쉬고 싶어라

푸르게 익어가는 계절의 갈증은 떠나는
청춘이 되고 싶어라.

달콤한 커피

어느덧 창문을 닫아
햇살 사이 낀 먼지
착지하여 앉아 노네

두리번 살펴
허전함은 한 잔의 따뜻한 옷 입고
즐겁다는 달콤한 맛

깊은 심장으로 돌아서
발끝의 따뜻한 온기

일어나 움직이는 태양
속으로 마주 잡자
잔 속에 지난 계절 담아
설탕은 봄
프림은 여름
향기 마시며

추운 겨울 뜨거움
모락모락 김 내자

한 잔의 사랑
오늘의 희망입니다.

그대 사랑

누가 사랑을 아름답다 했나요
누가 사랑을 이쁘다고 했는가

누가 단풍을 떠나간다 했을까요
사랑은 사랑은 피었습니다

그대의 품속에서 잠들고 싶어라

누가 사랑을 밉다고 했나요
누가 사랑을 비정하다 했을까
누가 단풍을 쓸쓸하다
했을까요

사랑은 사랑은 떠나가도 남습니다
사랑은 사랑은 펼쳐진
단풍잎 그대들입니다

가슴 파고든 사랑
우리의 사랑
내 앞에 있습니다.

갈대의 사연

흔들려라
중심의 각도로 신나는 장단을
가냘픈 마음속 고독이 모여 부딪히는 세월을 보내려고
이리저리 흔드는구나

울음소리 흩날리는 갈대에 쓸고
아픔의 흔적은 묵직한
빗자루에 담아 달아서
지독한 고독 지우는 칼바람에 도망가세요

봄여름 가을이
보내려니 앞이 가리구나

쓸쓸한 가지에 마음이
공허하기를 바람 속 쓰린
갈대의 사연들을

우리의 사연
흔들린 갈대의 담아
날아간 씨앗의 숫자만큼 돌아와야 해

사연만큼 희망의 빛
밝혀주는 지혜이지요.

세월의 소리

봄은
꽃이 피면 머리가 뜨거워 하늘을 본다

머리에는 차가운 고뇌의 허전함이 땅속으로 걸어가며
언제 그랬을까

오늘따라 더욱 타버린 낙엽
어제에 머물러 서성거린다

이 세상
낙엽 따라가는 세상
낙엽 밟는 소리가 떠나지 않네

다 잡은 승리는 날아 떠나가네
나도 따라갈 세월 소리.

고독한 사랑

떨어져 뒹굴며 떠나보낸 고독들이여

바람아
국화 향기 실어
문틈 속 살금 들어오렴

향기의 사랑
나의 사랑이 되어 주세요

떠나갈 사연 속에 마지막 사랑이라면
따뜻하게 받을게요

나도 너라면 향기 속
별 되어 살포시 안을게요

겨울 속 이야기
고소한 군밤 같은 사랑.

내가 사랑하는 마음

우리가 윤슬처럼
빛날 때
고뇌를 선택했고

청춘은 간다고 해도
윤슬은 반짝이며
자연을 생각하고

사랑할 줄 알았어요.

한걸음

오늘도
내가 나를 괴롭히고
힘들 때
그 지루함은
한발 두발 내디디며
꽃이 돋아요

두 발은
꽃이 피기를
인내하여 환희 인도하니
걷고 걸어야 해

태양과 손잡아
화사한 여인이 행복할 수 있어요.

내 모자

모자 속에 동그란 얼굴
일어나 내 얼굴을 바라보네

같이 걷자고 마주 보며 웃네

차갑다고 손을 토닥토닥 두드려 이불 속으로
발이 보인다며 거울을 보네

내 모자엔 가슴이 있는지
아플 때면 말을 하네

내가 나를 포근히
내 몸이 포근해
마음은 따뜻한 고향

따뜻한 온몸 포근히
모자의 마음
향기로운 들꽃이지요.

그대는

그대가 없다면
그대가 없다면
그리움도 없고
설렘도 없습니다

그대는 고통이 되었다가
마음의 휴식도 주시고
더운 여름
시원한 바람 되어
먼 하늘까지 설렘입니다

그대는 나를 보며
나는 그대를 보며
세상 어디에서도 기다리며

오늘도
내일도 영원합니다.

호박꽃 향기

긴 돌담
비가 내리면 무너진다

집안을 지켜주신 조상님
존경스러운 든든한 돌담

봄에 태어나 나와 닮은 꽃
호박꽃

담들은 없어지고
보석의 빛은 아니어도
꽃이 사랑 되어
잎은 행복으로
쌈 싸 먹으며 즐겁게 한다

담 밑 소복한 영양
할머니 손 부모님 마음
웃음 주는 호박꽃

'힘내' 말씀하신 은혜
달콤한 향기
웃음처럼 향기로워요.

행복

아침 창문 열듯이
마음을 열어
나의 꽃
한 송이 그려보아요

그려진 꽃 아래
꽃밭이 피었어요

그 이름은
행복이지요
그리고 활짝 웃어요

한 가족
행복이 피는 사랑입니다.

샘솟는 아침

일어나 바쁘게 준비하고 일터로 내려가는 내리막
길이라 해봅니다

자유의 길로 걸어가며
바람이 일렁이는 풀잎입니다

바쁘면 바쁘다고
느리면 느리다고
내가 만든 수평선의 길

나올 수 있어 신선한 아침의 이슬
촉촉한 날들이지요

거울에 비친 얼굴
하루가 다르게 주름진 선 위로의 눈

별빛 마주 앉아
높은 꿈 가질 수 있어
행복합니다.

순정의 코스모스

코스모스 길
지루함에 손뼉 치며 흔들어 마주친 우리

순정의 눈빛
날개 달아 날아든다

코스모스 기다려도
떠난 기차의 고독인지
내가 보고픈 그리움
기다리며 지쳐 가버렸는지
작은 눈에 은은한 미소
그 향기로움

사라진 흙 바람의 얼굴
수많은 사람 중에 그대라면
코스모스 두 손 잡으며
사뿐히 걷고 싶습니다

그 이름
코스모스
먼지 속 아련한 얼굴
눈 감으면 활짝 피었어요

코스모스 피이 있는 길
한 아름 날려 드려요.

고소한 비빔밥

맛있다
땅속에 나무 위에
수많은 보물들이
봐도 봐도 즐겁다

숨어 속삭인 사랑
걸쳐 놓은 잎사귀에
새들 쪼옥 소리 내어 입맞춤

고운 화음
친구들의 속삭임
한 잎 따
상냥한 눈길
내려가는 물소리다

먹고 싶어
숨겨놓은 다람쥐
질리지 않는 싱그러움이다

따도, 봐도
푸름 가득 빛내주네

싱그런 여름
푸른 잎 한입 물었더니
녹음방초
날 잡으러 빙글 맴돈다

땅속에도 하늘에도 수수께끼
발밑 가까이 소리 내어 흐른다

여름의 맛을 잡으세요
고소한 비빔밥.

자세히 보아요

지나간 세월
가슴에 담지 못해
바람이 나뭇가지를 흔드네요

아침 길 잃은 모습
눈 마주치면 눈이 아파요

마주 보면
너와 나
우리의 삶이 아파
눈물을 흘려요

그립고 안타까워
흐르는 눈물이 시려옵니다

아무도 없는 들판
자세히 보아야
그립고 평화로움을 볼 수 있습니다.

소슬비

이른 새벽
잠 설친 몸의 비
비가 몸 되어 고목을 때려 주네요

빗방울 숫자에 앉아
하나둘 떨어진 나뭇잎 되었어요

살금 내리는 빗소리
같이 살자는 약속

깜빡 잠들어
아침의 새 노래
비가 내려 웃음 짓도록 용기를 주었어요

긴 호흡 정답게 시작하는
사랑의 소리입니다

나의 몸
고목에 떨어진 잎이라도 행복합니다.

슬픈 가로등

밤 깊어
잠 오지 않아
홀로 서 있는 고독

떠나는 임 찾아
불빛 되어 오기를 하염없이
고개 숙여 기다렸다

어디선가 들리는 빗방울
눈 뜨니

주르륵 비가 흐르며
빗물이 눈물 되어 내리네.

내가 참 좋다

지금
내가 참 좋다

담을 큰 그릇이 없다 해도
수많은 자연이 반기며 볼 수
있는 사연들을

유명한 옷보다
한들 들꽃이 좋으며

손가락 다듬지 않아도
빛나는 손

잡고 노는 운동력
두 손 빛나지요

저 강인한 소나무들처럼

앵두

붉으스레 화장한 얼굴
알알이 붉게 물들어
사랑하고 싶어요

입술에 닿아
톡톡 튀는 심장
신세계 맛 펼쳐집니다

눈 속에 핀 꽃
한 알 입맞춤으로
녹아듭니다

순수한 사랑
앵두의 눈빛 잊지 못해
그리움에 매달려 소리 냅니다.

쉽고도 어려운 세상

세상은 참 어렵다

하늘이 전해주며
땅도 촉촉이

빗물이 스민 가슴
알수록 어렵고
몰라도 더 어렵다

조급하게 서둘 필요 없어
흐르는 물 따라
순응하며 가는 것

세상 돌아봐도
또 그렇게 살아라 할 것이니
어려움이 쉬운 것

세상 사는 것이 쉽고도 어렵다
그래서 내일이 궁금해지고
또 오늘을 열심히 산다.

감사한 삶

어느 날 갑자기 숨 쉴 수 없어
아
이대로 가는구나

경황없이 병원으로
나 아직 아닌데 아이들 둘 어떻게 할까요

불쌍한 새끼들
숨이 막혀 호흡할 수가 없습니다

하느님 부처님
제발 살려주세요

무사히 도착한 병원
얇은 주사기 온몸으로 퍼지며
긴 한숨 울려 퍼지고
눈물이 산 위에서 흙탕물로 내렸습니다

그러길 몇 년인가
삶에 고통의 끝이란 어디일까

그래도 난 소중하니까
내 몸 아닌 책임의 의무라 기도하고 비우면서
여기까지 초록 봄이 되어 웃습니다

살아 있는 삶이 얼마나 소중한 것인지
감사히 여기며 살아갑니다.

무궁화꽃

뜨거워야 핀다지요
우리나라 꽃

한 많은 설움을 잊고 싶었나요
어여쁜 무궁화 꽃

심심할까 봐
매미의 곡소리 통곡의 노래
들려준 아름다운 꽃

자유의 몸 날아올라
태극기와 손잡으며
슬픈 눈물과 빗물로
씻어 주시옵소서

무궁화 꽃이 피었습니다

아름드리 고운 자태
활짝 웃음소리
씩씩하게 울려 주십시오.

노래는 친구

대세는 성인가요다
태어나 켠 라디오
들리는 소리 가요다

노래가 있어서 따뜻한 감성이 온몸으로 자리 잡았다

눈 감고 들어본다
난 찬또의 음악에 매료되어 코로나의 싸움에도 기쁨
이 배가되었다

눈 감고 '안돼요 안돼'
그 흔한 가사
뼈저리게 빠져 녹는다

잔잔한 바람 속 울림
나를 인도해 준다

들을수록 가수의 목소리와
인성이 와닿아 더욱 사랑스럽다

감성에 젖어 찬또님을 그리며
사랑의 노래 추억의 파노라마에 빠져든다.

오늘도 기쁘다

아침이면 파란 마음
즐거워라

똑같은 장소여도
만나는 친구마다
다르게 웃음 주어 즐겁다

내일이면 어제가 그리워 뒤돌아 볼 것이다

작은 식물이야
다시 돌아온데도

길 지난 지렁이나 개미 한 마리
내일은 못 볼 것 같다
마음 쓰인다

다 같이 불러보세
어제는 가고
오늘은 기쁘다

작은 풀 한 포기 소중한 기쁨
마음에 피어나는 지금
오늘이라는 시간이 참 행복이다.

사탕

마음은 쓴 독인데
독은 알면서도 달콤함이 당겨요

알면서도 모른다는 외침

써도 달다
달고도 쓰다

내 살아온 세월 같다
알아도 모른 척
몰라도 조용히

달콤함의 인생 사탕
먹을수록 쓴맛이로다.

엄마

나이가 든다는 것
하늘보다 높아
갈 수 있는 곳이라면
한 번은 가보고 싶습니다

걷다가 지치면 쉬어가라는 바람 소리 들려
잠시 쉬어갑니다

나이가 먹을수록
그리움은
따스한 봄꽃 되어 가고

가을 단풍 날
내 엄마의 그리움은 더 깊이 물들어 갑니다.

길 속 지혜

길이 있으니 걸어간다
딱딱한 아스팔트 위에
뜨거운 양말

신발이 폭신하니 스펀지 위를 걸어간다

마네킹
뚜벅 뚜벅
무게감의 눈초리로 두리번거렸어

그래도 걸어야 해
귀머거리로

걸어서 걸어서
걷는다면
나를 알 것이다.

사랑이에요

가을이 익어 갈수록
가을이 슬퍼질수록
깊은 향기에 빠져 헤맨다

무얼 찾으려고
주인 없는 빈집 서성이며
바람도 고개 젖는 가을날에
코끝 시린
붉은 연정 한 잎 따
돌려보는 고난의 흔적들

앉아서 끌어안아 구름 따라 보내볼까

차가워도 가고파
불타는 정들
보고파 그리운 저들처럼

모두 다 사랑이라고
아름다운 가을빛 사랑.

왜 사느냐

왜 사느냐
묻는다면

가을이 되면 겨울 기다리고
봄이 트면 여름이 그리워서
기다리는 시간들

그립고 그리워서
한 잎
작은 희망의 빛이 나가온다

내일이면 다르게
새롭다는 느낌

산다는 것
그리워서
그렇게 그렇게.

아무 생각 없이

낮잠 잔 머리는
온통 눌러버린 바윗돌
단 한 시간이라도 생각 없는 멍한 모습

생각 한줌 버리고 싶습니다

내리는 물줄기
걸리는 잎
빛내어 손짓하며

소리 내어 앉아
무거움 사라진다면
깊이 있는 맑음까지 흘러 따를 것입니다

두 눈
살짝 감고
고요한 정글의 법칙
생각을 풍경에 던져
비우고 돌아오겠습니다.

화려한 눈물

빈틈없이 웃고 있는 모습 뒤
왠지 아픔이 보여
화려한 무대 숨기지 않아도
잎사귀 옆 살며시 번져 나온 그 자국들

살짝 찔러준 가시더냐
지우려고 버리려고 몸부림쳐도
삐져나와 가릴 수 없구나

찔리고 망가져버린 아픔이더냐
바라보니 슬픔이 화려하다

꺾어 먹던 가시도, 말라 버린 슬픔도 콕콕 찔러 와도
향기에 슬픔을 누르며 활짝 웃음으로
화려한 눈물, 화려한 슬픔, 향기에 취하여
그 자리에 웃고 있다
따라서 웃는다
지금.

세상은 아름다워

여기 있어
네가
오늘 웃을 수 있어
즐겁게 볼 수 있어서 아름답다

몰랐어
이 세상이 나에게 다가오면서
나를 가르쳤어

혹독한 훈련으로 이젠 알았어

내가 갈 수 있어 따뜻하고
내가 갈 수 있는 추운 곳도
고마워요
감사해요

손발이 힘들어도
어깨가 시려도
눈이 반짝이고
가슴은 감동이라 행복해요

세상은 반짝이며
보고 웃으며
여기 있다는 것
세상은 아름다워요.

세상은 꽃이다

어디를 둘러봐도 아름다운 꽃
고개 돌리면 아주 작은 입 보아요
웃음 짓는 미소들

구정물 진흙탕 당당히 오른 별빛
애교쟁이 꽃들이죠

꽃은 고통이라면
꽃이 인내를 피울 때까지 활짝 웃지요

시들어도 내리는 미소
버려져도 그윽한 향기

웃음 지면 사라진 마음
다가서도 돌아온 손짓

온 세상
수많은 꽃들이다

보고 있다는 마음
꽃이 환하게 꿈꿔 주리라

사람들도 꽃이 피고
지는 아름다움

아픈 만큼 성숙한 아름다운 꽃입니다.

한 올의 머리카락

한 올 한 올
수천만 개
손이 물결치며 출렁입니다

억센 성격들
밀고 어루만져

순한 부드러운 양이 되어
나에게로 우뚝 섰지요

이쁘다
멋지다

사치스런 머릿결
바스락 녹아 버려
살려내는 무식이다

온몸
사투에 찔린 바늘
구덩이의 친구라

자고 나면 부부인 양
거울 보며 웃음 준다.

웃음의 창조

고운 표정들
작은 웃음은

손의 동작
흐트러진 머릿결
한없는 창조가 숨쉬며

보조개의 마력으로 빠져들어 따라 웃으며
그려 내며 웃고 있습니다

머리에
입에
턱에

숨 쉬는 공간에
더 채우고 싶어
다른 각도의 시선들

멋스러움 찾아내는 전염되는 웃음이지요.

창조는 작은 표정에서
환희 만들어 꽃을 피웁니다.

맑은 물

물을 보고 있으니
몸이 빨려 들어가네

어느 태생인지 대답 좀 해다오

이름 모를 골짜기
흘러 흘러서
아무도 없는 곳

둥둥둥

소리가 없구나
과묵한 물

나도 따라 흘러 흐르고 가지 걸리면
한 모금 쉴 곳으로
휴식하리라

그 어딘지 몰라도
세월 따라 흐르는 물

맑은 빛 수정처럼 빛나
세상 더위를
시원히 시켜 주네.

고독은 화려하다

여기에 있었는가?
저기에 언제 폈지
아무도 몰랐었지

알아준 이 없는
적막이 흘러

눈물짓는 모습
고독 고독들이

피지 못해
피지 못하여
돌아서 날아간 고독들

밤하늘에 수놓아
별 되어
한 아름
비춰주는구나

고독은 아름다워
고독은 향기로워

참는 자에게 피어난다
고독.

그냥

가만히 잊고 싶은데
비가 내려
눈물은 비가 되었다

슬퍼하라고 하염없이
흐르는 비

고독하다
고개 숙인 눈물

가슴 속 깊은 이야기
말해 주듯이

소리 없는 눈물
하염없이 흐른다.

맑음

폴폴
피어난 꽃

내 피부
내 살갗 희다 해도
저 눈부신 꽃잎 같더냐

아침 이슬 머금고
눈부신 길 위에 향기롭게 부르는구나

웃으며 하루 보내자며
하얀 인사
손 흔들어
내일도 약속한다

눈부신 꽃잎
안아주고 지나간다

향기로운 바람 불어오고
맑음으로 피었다

맑음은 내 마음이요
맑음은 꽃잎이다.

고들빼기

찬바람 부는 나뭇가지 바라보면서
엄마와 나 큰 골짜기
이산 저산 누비던 그때가 그립습니다

장독 한가득 소금에 절인 양식
두고 꺼내 먹는 반질한 장독
찹쌀가루에 젓국 반질한 엿
깨소금 솔솔 뿌려
쌉싸름 달콤한 향기
가슴에 한가득 담았습니다

손가락 부은
엄마의 정성

이 가을 찬바람 불면
고들빼기 추억에 눈이 반짝
햇살이고 싶습니다

무릎 통증 잊으려고 다녔는지
힘든 고통 잊으려고 헤맸는지
고독한 시집살이 쌉싸름한 고들빼기로 달랩니다

딸을 위안 삼아
고들빼기 캐는 한풀이가 한 곡절
슬픈 메아리로 세찬 바람 불어 주네요

다녀가라
풀 속 숨 쉬는 보드란 정들을
내 마음 두근거리며 거울 앞에 엄마의 마음 그려봅니다

오늘 같은 날은 고들빼기 추억
가을비 촉촉이 적시며
선명한 맑은 하늘 엄마의 선물이기에
팔 벌려 넓은 들판에 뛰어놀던 맛
맛나게 담아봅니다.

제목 : 고들빼기
시낭송 : 박영애
스마트폰으로 QR 코드를 스캔하면
시낭송을 감상할 수 있습니다

할머니와 부채

한여름 밤 마당 흙 자리
별빛과 옹기종기
한 가족 모락모락
호박꽃 피었어요

소복한 거름 향기 머금고
나풀거린 호박잎 너울 춤추며
하늘에 은하수
땅에 모기떼들
여름의 향연이지요

지금 보이지 않는 부채
손때 묻은 부채 덕에
할머니 손마디가 시큰거려요

하늘을 바라보면
저 별이 내려올까 세어보며 잠든 자장가
쿰쿰한 향기
하늘 안고 잠들었네

살짝 졸음 와도 흔든 자연 바람
부채를 돌아봐도 찾을 길 없는
할머니의 손

모기떼들 근질 간질 따가워도
그러하리라
더위도 이겼노라
물려도 그랬노라

한 여름 추억의 부채
아무리 돌아봐도 그리움뿐

흔한 차가움 싫어
자연 바람이 손짓합니다

내 머리 위에 별들 반짝이며
밤하늘 꿈꾸어요

그날 그 모습들.

어디서나 시인이다

바다는 가슴에 안고
마음은 산속에 심으며

잎은 머리에 피워서
꽃은 얼굴에 피울 거예요

들판에 바람 따라
들꽃으로 마주하며

불어온 바람
시로 들썩들썩
시인은 사색하며
세상 끝까지 나만의 사유를 펼칩니다.

푸르고 싶다

추위에도 가을빛 하늘
봄볕에도 겨울빛 하늘

비 내려도 반짝이는
별빛

푸르게 푸르게
닮고 싶어

가끔 가끔은
푸른 하늘 구름이 되어
파란 색칠을 해

내가 하늘이 되어
온 세상 푸르고 푸르리라.

계절은 향기로 먹는다

소나무 사이로 흐르는 물
무얼 먹을까
물속 향기로움
전염성 상승한 향기
온몸으로 흐릅니다

피어나라
정겨운 소리
낫으로 슥슥 삭삭

하늘로 팔 벌려요
쫑쫑 썰어 사박사박

고추장도 오셨어요
춤추는 입맛
봄 처녀 제 오신다

밭 사이 흐르는 물
살금살금 조용하게
보이지 않은 거미

옆집도 앞집도
내 마음도
향긋한 바람 불어온다.

좋은 삶이란

수많은 정보
할 말이 많은 세상
곰곰이 생각해 봅니다

어떤 모습으로 태어나
살아가야 하는지

안돼!
하는 답 없는 시대
변해도 너무 변했지요

그때를 잊지 말자
지금이 있기에 소중한 옛날

언젠가 행복은 진심 앞에 꽃이 피고
사랑이 다가온다고요

삐딱한 마음
악으로 시작한 동물
힘센 왕국
다 필요 없는 덩어리라고 말해봅니다

좋은 삶은
진실을 잡고 무묵히
걸어가는 인내입니다.

겨울나무

참 착해
발가벗은 몸

누가 볼까 봐
숨지도 못하고 서 있어요

눈이라도 내려
하얀 옷 입혀주면
환하게 웃는 겨울나무

추위에도
씩씩하게 잠자고 있는
겨울나무야
이 고요함을 즐겨라

아무도 없는 밤
따뜻하게 눈 소복이 덮어 줄게
잘 자라.

유유자적

세월이 가는구나
세월이 흐를수록 푸른 숲이 우거져 있다

나는 자연인이다
태어나 자유롭게 살 자격이 분명하다

훨훨 날아가는 먼지라도 자유를 꿈꾸며 산다

자유
상상의 세상 그리는
시원한 풀과 새들의 노래다

흐르는 물 날아가는 새들의 몸짓
구름이 쉬어가는 나그네들
자유롭게 피고 진다

나의 자유
자유롭게 희망한다

자유의 향기 품어
저 넓은 자연 속에 살련다.

아카시아

여왕들 붉다고 질투해
하얀 순백들

온 산 줄줄이 매달려 사랑하네
쪽쪽쪽 쏙쏙쏙

춤추며 행복한 한 가족
아카시아 훑어 내 동생 머리 돌돌 말았더니
온 동네 나비 되었지

달랑달랑 주렁주렁
가족들 소풍 다니며
아카시아 엮어 솔바람 그네를 탑니다

오월의 아카시아
주렁주렁 하얀 웃음꽃

큰 소리로 하하하 향기롭게 웃습니다
오월이면.

고독은 상상의 날개

낡은 때 묻은 옛 고품격들
고요하게 생각에 기대어 잠기며
마술들 주르륵 내려요

고드름 달린 외로움
살갗 타는 인내의 고통
고독해야 나오는 고독이여

외로움은 땅에 떨어져 뒹굴며
자유롭게 착지하는 날개들이다

혼자의 고독
꽃이 피어오르며
줄기는 정으로 호흡하는 고독한 독백

고독은 하늘 높이 손잡아
새 되어 구름으로 내리는 비

고독은 잠시 쉬어가는 삶
살아가는 선물이다.

겨울 연가

넓은 마당
꽁꽁 언 수돗물
덥석 깔아 김장하는 날

시퍼런 배추와 조선무
한가득 쌓은 산

절구는 팔씨름
손발은 보이지 않아
장갑 없는 붉은 손
엄마 얼굴 보이지 않았어요

하늘이 더 파랗게 때려 주는 바람
장독으로 숨어 한 해의 양식 수북 소복
자리잡았지요

아삭한 무 땅속에 숨고
안방에 줄 선 고구마
든든한 친구들

심심할 때 고구마
배탈 날 때 무 한 조각
얼큰하고 시원한 밥 국시기 한 그릇

겨울의 그 빛들이 차가워 아쉬워
간절함이 모였습니다

환한 장작불 세월 지나도 활활 타올라
겨울 속 사랑이 붉게 피어오릅니다.

찬바람이 불면

칼에 베인 듯이 시린 말이 아른거려
꿈이라면 다시 일어나
예쁜 치장으로 웃고 싶습니다

피곤한 얼굴
늘 입었던 옷
언제나 똑같은 말
너는 예쁜 옷도 없냐!

입던 옷 벗어
조물조물 빨아 널었더니
편안 피붙이 엄마가 하는 말

괜찮다는 믿음들이
내 자신을 믿게 만들었어요

자식 키워 자라니 부모 떠나고
나의 모습 환희 비추어
찬바람이 몸살로 다가옵니다

그 말 세월 지나도
그립고 듣고 싶어요
지금이라도.

난 누군지

가끔 나는 빨강 옷을 입고
나를 잃어버릴 때까지 춤을 추고 싶습니다

나는 허물 벗은 뱀들의 꾀로 멋있다고 말하고
보여 드리고 싶습니다

나의 마음은 누군지
너는 누구냐
묻고 싶습니다

그러나
나는 나일 뿐
내 자리로 영원히 꿈을 꾸고 있을 것입니다

소리 질러 봅니다
나는 나일 뿐이라고

그래도 가끔은
난 누구인지....

자유의 취향

따뜻한 국물
뭇국에 어묵 둥둥
뜨거워야 해

굴러온 낙엽
나의 취향 낙엽 되어
날아가는 현실 속 효과다

어긋난 발자국
자유롭게 감는 눈

살짝 걸친 멋스러움
나의 관록에 날아가자

두서없는 색과 멋
정처 없이 흐트러진 빛

취향 속 자유
나의 윤슬 펼쳐 날아가리라.

처음처럼

처음처럼
꽃을 보면서 웃어보자

태어난 아가처럼
옹알이로 웃어보자

오늘도 오늘이지만
내일이 온다니 또 웃어보자

얼굴부터 깊은 마음까지 피어 나는 마음

오늘 아침 시작은
처음이다
신비로운 마음이지요.

사랑하는 아들딸

이 넓은 세상에서
아들딸 만남은
가지마다 열리는 열매지요

태어나 지금까지
마음의 깊은 산
마음의 넓은 바다

때론 굴곡진 바람 같고
어느 땐 봄의 빛으로 웃게 해 준 아이들

엄마 곁에 조잘거리는 새가 되어
큰 산을 만들어 꽃을 피우고
세상 아름답게 빛내며
어른이 되었구나

희망의 불씨 반짝이는 날들
너희 둘 웃음꽃이다

그 강인함
무엇과도 바꿀 수 없는 끈들

아들딸아
두 팔 높이 세상 속으로 펼쳐다오

힘들 때
밖을 보며 걸어봐
또 다른 세상이 기쁨으로 다가올 거야

나의 선물은 너희들 건강한 모습이란다
사랑한다 아들딸.

고독한 인내

지금 우리는 홀로 태어나 걸어가는 외톨이

홀로 걸어가는 목적지가 어디인지
어디로 가야만 하는지
방향은 생각에 잠기며
잃어버렸다

갈 수 있는 곳인지
가야만 하는지
홀로 기다린 시간
홀로 기다린 고독한 날들

오늘도 기다리며
고독을 삼킨
나의 쓴맛의 인내
그 언제쯤
쓴맛이 달다고 소리칠까

하루가 어려워
한 달은 쉬워요

또 한 달이 지나
너울 춤추는 꽃들이 웃습니다

길이 남을 코로나
날 시험하게 만들어
날아든 먼지들의 속삭임
훗날 달콤한 열매로 맺으리라

고요한 적막
침묵은 세월이 말한다.

풀잎과 들꽃

어쩌다 나는
눈만 뜨면 가고 싶다

몸부림치는 곳
내가 영혼을 피운 작은
풀잎과 이슬인지

돌아오면 그리움들
풀잎의 피지 못한 들꽃이려나

아무리 보아도
아무리 다가가도 지울 수 없는 또 다른 나인지

오늘도 하루를 보내고
어디선가 피어
오늘 나를 생각하며
우리 함께 만나기를
새들의 날갯짓을 그려봅니다

내 집처럼
우리의 봄 동산
물 스며들듯이 사색의 빛을
느림의 미학으로 전진의 행진곡 울려요.

노을길 따라서

한참 동안 뛰었다
붉어 지칠 때쯤
노을이 물들었다

눈부시게 밝아오는 노을
사라진 기억
세월이 밝혀 주었다

언젠가
사람도 노을처럼
넘는 고개

깊게 파인 주름 위
노을은 지고
욕심을 잡으려고 애쓰는 눈빛 뜨거워라

청춘은 노을로 물들었다
뜨겁게 달군 불씨

노을은 지면서
감사할 것을 후손에게 내리는 마음으로
별빛 총총 웃음 짓는다.

흙은 보석이다

이 세상 어디에도 볼 수 없는
내 눈에
내 마음에
문 열어 조르르 촉촉이 스민다

만지면 수정처럼 맑음을 인도해 주며
용기로 솟아 강한 힘센 웅비이다

흙은 세상 숨김없이 진리를 가르치며
그곳에서 반겨주며 기다려 준 반짝 빛나는 보석이다

나에게 보석은
흙이다

손에 끼고 발 속에 미래를 그리며
편히 지켜주는 부모님
반짝 빛나는 보석은
내가 살아 숨 쉬는 흙입니다.

고독은 눈물을 사랑한다

한사람 고독이
눈물을 글썽이며
눈물은 눈에서 태어나
볼에서 살고 입에서 죽는다고
한 고독이 말합니다

내 입에서는
수많은 눈물이 죽는다고
고독이 흘러내려
눈물을 삼켜버린 맛입니다

고독과 눈물은
참사랑으로 가슴 깊이
담아 흘러내리는 사랑입니다

고독
눈물을 사랑하며
흘러내리는 맛의
깊이를 알 수 있습니다

고독은 사랑 눈물을
단맛으로 먹습니다.

눈이 닮았네

버스 정류장
기다리고 기다리는 시간
고목에 기대고 서 있었어요

이름도 성도 모른
옆 동네 아저씨
야 야!
너 윤ㅇㅇ
딸내미 애비 눈 닮았네
맞습니다

술 마시면 소낙비
내릴 듯 흐린 눈

싫다고 도망친 나
내 눈 바라보며
멍한 눈동자가 시려오네요

눈이 닮았다
힘겨우신 아버지의 눈
눈물 흘리고 사셨다면
이해할까요?

눈물은 아버지시고
눈은 나이므로
못다 한 눈물

오늘
비처럼 소리 없이 주루룩 흘러내립니다.

물

마셔도 마셔도
달달한 물

날이 갈수록
갈증의 속도는 빨라진다

마시고 남는
고독의 그리움인지
옆에 있어도 갈증이 난다

얼마나 더 마셔야
물의 깊이를 알 수 있을지

알 수 없는 대답
달콤한 물을 찾아

한 모금 하늘
두 모금 강물

끝이 없는 길
시원히 마십니다.

상사화

누가
애타게 그리는가

목 쭈욱 내밀어
잎이 떨어져도 모르며
꽃이 피었다

기다림에 지쳐 넋 나간 여인이여

가엾어라
잡고픈 몸뚱어리

가을이라
쓸쓸히 떨어지는가

비 내리는 날
뚝뚝 떨어져 빗물이 눈물로
눈물이 빗물로
구슬피 우는 여인이여

저세상 죽어서도
피어나
다시 한 번만
상사화야 다시 한 번만…

사랑

사랑
여기에 있었구나
가까이 아주 가까이

길모퉁이 수줍게 웃음소리 들려주는 길
한참 찾았었지

집 가까이 돌 틈 사이
비집어 오른 너

화려하지 않아도
앙증맞은 얼굴들

작은 꽃잎
작은 풀잎
심장이 멈추었다

첫사랑 두근두근
사랑
내 사랑아
뒤돌아보면서 손 흔드네

사랑아!
내 사랑아
사랑해.

초록 향기

오늘 같이 싱그러운 날에 팔랑이며
초록 잎으로 손 흔들고 싶어라

차도 없는 조용한 길
바람과 손잡아
초록 곁으로 가보고 싶어라

가시 달려 펴낸 손
쭉쭉 훑어 한 잎
몸이 달다고 싱그럽다고

도심은 고요해
차 없는 도로
뛰어놀며 동심의 마을로 되돌아가고 싶다

이렇게 좋은 날
초록 한 잎 따 물고
온 동네 뿌리고파
싱그럽고 향기로움을.

순백의 연정

순백의 별
잠을 깨워요

올려 보았던
화려한 연서
아려오네요

하얀 마음
두근거림을
잡아 주시고

맑은소리
청아한 하늘
바람 불어 깨끗해요

순백의 연정
별빛 내리며
연정의 빛
연서들이 전해줍니다.

고비

꽃이 피기를
꽃이 시들기를
꽃잎이 피어지기까지를

한날한시
얕은 물 속 팔랑대는
숨소리

뒤로 앞으로
수 없는 고비 잊었는가

참 힘들다
참는다는 순간
이동하는 자전거다

싸움은 듣고 있어
고비가 있다는 것
즐기는 고속도로이므로

참는다 고비는
노력으로
일어나는 화사함

즐겁고 기쁜 일
고비를 이긴 자의 승리입니다.

그리운 오늘

들판에 풀이라고 말해도 좋아요
하늘이 야속하게 화낸 데도 좋아요

살짝 내린 온도
틈새 속으로 피는 마음

할아버지 가벼운 발
논두렁 넓은 마당
가벼워질 때
바람에 비를 기다리는 아비

골목 행여 올까
기다린 자식

가도 가도 그리워라
보고 파도 그리워라
보고 있어도
오늘이 그리워진다.

자연스러운 모습

다듬고 꾸민 모습
저리 가라고 한다

도시에 본 딱딱한
사각 삼각 원형들이
눈에 거슬린다

잘 차린
빨간 음식
혓바닥 고개 젓고

보들보들 취나물에
딱딱한 콩이 부드럽게 다가온다

햇살 아래
하얀 살갗 그을려도 좋다

꾸미지 않은 자연스러운 모습
자연으로 돌아가
입꼬리 올라가며 눈웃음친다.

가슴은 들꽃

윤민순 시집

2022년 3월 24일 초판 1쇄
2022년 3월 28일 발행
지 은 이 : 윤민순
펴 낸 이 : 김락호
디자인 편집 : 이은희
기 획 : 시사랑음악사랑
연 락 처 : 1899-1341
홈페이지 주소 : www.poemmusic.net
E-Mail : poemarts@hanmail.net

정가 : 10,000원
ISBN : 979-11-6284-352-9